DÓNALL DÁNA

Míola

ar fáil i nGaeilge . . .

ar fáil go luath . . .

DÓNALL DÁNA
Míola

Francesca Simon

Tony Ross *a mhaisigh*

Gormfhlaith Ní Thuairisg *a d'aistrigh*

Cló Iar-Chonnacht
Indreabhán, Conamara

An téacs © Francesca Simon 1998
Na léaráidí © Tony Ross 1998
Leagan Gaeilge © Cló Iar-Chonnacht 2016

ISBN: 978-1-78444-148-7

D'fhoilsigh Orion Children's Books an téacs
den chéad uair sa Bhreatain Mhór i 1998;
d'fhoilsigh Orion leagan faoi chlúdach crua agus
Dolphin leagan faoi chlúdach bog.

Tá cearta Francesca Simon agus Tony Ross a bheith aitheanta mar
Údar agus Maisitheoir an tSaothair seo faoi seach dearbhaithe acu.

An Chomhairle um Oideachas
Gaeltachta & Gaelscolaíochta

Tá Cló Iar-Chonnacht buíoch de COGG
as maoiniú a chur ar fáil don togra seo.

Faigheann Cló Iar-Chonnacht cabhair airgid
ón gComhairle Ealaíon.

Cló Iar-Chonnacht, Indreabhán, Co. na Gaillimhe.
Teil: 091-593307 Facs: 091-593362 eolas@cic.ie www.cic.ie
Priontáil: iSupply, Gaillimh.

CLÁR

1

MÍOLA

Scríob. Scríob. Scríob.

Thosaigh Daidí ag tochas a chloiginn.

"Stop ag tochas, le do thoil," arsa Mamaí. "Tá muid ag ithe dinnéir."

Thosaigh Mamaí ag tochas a cloiginn.

"Stop ag tochas, le do thoil," arsa Daidí. "Tá muid ag ithe dinnéir."

Thosaigh Dónall ag tochas a chloiginn.

"Stop ag tochas, a Dhónaill!" arsa Mamaí agus Daidí.

"U ó," arsa Mamaí. Chuir sí síos a forc agus bhreathnaigh sí go géar ar Dhónall.

"A Dhónaill, an bhfuil míola gruaige agat *aríst*?"

"Beag an baol," arsa Dónall.

"Tar anonn chuig an doirteal, a Dhónaill,"
arsa Mamaí.

"Tuige?" arsa Dónall.

"Tá mé ag iarraidh do chloigeann a
scrúdú."

Rinne Dónall a bhealach anonn chuig an
doirteal go mall drogallach. Níl sé féaráilte, a
dúirt sé leis fhéin. Ní raibh aon neart aigesean
air má bhí míola i ngrá leis. Thagadh míola i
bhfad is i ngearr ar cuairt ar chloigeann
Dhónaill. Is dócha go mbíodh cóisireacha acu
ann agus go mbíodh míola ó thíortha thar sáile
ag teacht le laethanta saoire a chaitheamh ann.

Tharraing Mamaí an raca trasna chloigeann Dhónaill. Chuir sí strainc uirthi fhéin agus lig sí osna.

"Tá tú beo le míola, a Dhónaill," arsa Mamaí.

"Ó, taispeáin dhom iad!" arsa Dónall. Thaithnigh leis i gcónaí a chuid míola a chomhaireamh.

"A haon, a dó, a trí . . . ceathracha cúig, ceathracha sé, ceathracha seacht . . ." a chomhair sé, ag ligean dhóibh titim anuas ar thuáille páipéir.

"Níl sé múinte a bheith ag comhaireamh do chuid míola," a dúirt a dheartháir, Learaí-gan-Locht, ag cuimilt a bhéil lena naipcín gléigeal. "Nach fíor dhom é, a Mhamaí?"

"Is fíor dhuit é," arsa Mamaí.

Tharraing Daidí an raca míola trína chuid gruaige fhéin agus chuir sé strainc air fhéin.

"Ueeeuuuch," ar seisean.

Tharraing Mamaí an raca trína cuid gruaige sise.

"Bleuuuch," arsa Mamaí.

Chíor Mamaí gruaig Learaí-gan-Locht. Ansin, chíor sí aríst í. Agus aríst. Agus aríst.

"Níl oiread agus míol amháin agat," arsa

Mamaí go sásta. "Mar is gnách. Nach maith an buachaillín tú."

Rinne Learaí–gan–Locht gáirí beag.

"Sin mar go ním agus go gcíoraim mo chuid gruaige chuile oíche," arsa Learaí.

Chuir an chaint sin cantal ar Dhónall. Ní raibh aon dabht ach go raibh a chuid gruaige lofa ach fós . . .

"Is breá le míola gruaig ghlan," arsa Dónall.

"Níl sé sin fíor," arsa Learaí–gan–Locht. "Ní raibh míola ariamh *agamsa*."

Fan go bhfeice tú, a mhicó, arsa Dónall leis fhéin. Nuair nach raibh aon duine ag féachaint air, phioc sé cúpla míol den tuáille páipéir. Ansin, anonn leis chuig Learaí, agus chumil sé cúl a chinn go deas réidh.

LÉIM!

Scríob. Scríob.

"A Mhamaí," a bhéic Learaí, "tá Dónall ag tarraingt mo chuid gruaige!"

"Éirigh as, a Dhónaill," arsa Daidí.

"Ní raibh mé ag tarraingt a chuid gruaige," arsa Dónall go crosta. "Ní raibh uaim ach a fheiceáil cé chomh glan agus a bhí sí. Agus tá sí chomh glan, chomh slíoctha," a dúirt sé go milis. "Faraor nach bhfuil mo chuid gruaige-sa chomh glan le gruaig Learaí."

Leath meangadh mór gáirí ar éadan Learaí.
Ní minic go mbíodh aon rud deas le rá ag
Dónall faoi.

"Tá go maith," arsa Mamaí agus í ag ligean
osna. "Téadh gach duine suas an staighre. Tá sé
in am don seampú."

"NÍL!" a bhéic Dónall. "NÍL MÉ AG
IARRAIDH SEAMPÚ!"

Bhí i bhfad níos mó gráin ag Dónall ar an
seampú lofa bréan uafásach ná mar a bhí aige
ar na míola. Inniu fhéin a chuir Máistreás
Máiléad nóta faoi mhíola abhaile.

FAINIC
Míola míola míola míola
Tá míola sa scoil
Cuirigí an ruaig orthu!
Nígí bhur gcuid gruaige
leis an sár-seampú
dreancaidí agus frídíní
Le bhur dtoil . . .
NÓ BEIDH A FHIOS
AGAINNE É!!!

Ar ndóigh, rinne Dónall píosaí beaga den litir agus chaith sé sa mbruscar é. Ní raibh baol air go ligfeadh sé an seampú bréan sin i bhfoisceacht scread asail dá chloigeann aríst go deo. Ach, faraor, rug Mamaí air ag tochas a chinn.

"Is é an t-aon bhealach é le fáil réidh le míola," arsa Daidí.

"Ach ní oibríonn sé ariamh!" a dúirt Dónall, ag screadach. Agus rith sé i dtreo an dorais.

Rug Mamaí agus Daidí air. Ansin tharraing siad é, ag screadach agus ag búireach, isteach sa seomra folctha.

"Is ainmhithe beo iad míola," a bhéic Dónall. "Cén fáth a mbeifeá ag iarraidh iad a mharú?"

"Mar gheall . . ." arsa Mamaí.

"Mar gheall . . . mar gheall . . . gur frídíní iad a bhíonn ag diúl do chuid fola," arsa Daidí.

Ag diúl do chuid fola. Níor chuimhnigh Dónall ariamh air sin. Sa leathshoicind sin a raibh Dónall stoptha ag sianaíl agus é ag smaoineamh ar an mblúirín suimiúil eolais seo, d'fholmhaigh Mamaí an buidéal sár-seampú bréan anuas ar bharr a chloiginn.

"NÁ DÉAN!" a bhéic Dónall. Chroith sé a

chloigeann go fíochmhar. Chuaigh seampú ar
an doras. Chuaigh seampú ar an urlár. Chuaigh
seampú ar Mhamaí agus ar Dhaidí. Ba é
cloigeann Dhónaill an t-aon áit sa seomra nach
raibh seampú ar bith air.

"A Dhónaill! Ná bí chomh dána!" a bhéic
Daidí, ag glanadh an tseampú dá léine.

"A leithéid de ruaille buaille faoi bhraoinín
seampú," arsa Learaí.

Chuaigh Dónall le Learaí a ionsaí. Rug
Mamaí ar a léine agus choinnigh sí siar é.

"Anois, a Learaí," arsa Mamaí, "ní rud deas é sin le rá le Dónall. Níl chuile dhuine chomh cróga leatsa."

"Tá an ceart agat, a Mhamaí," arsa Learaí. "Bhí sé sin mímhúinte agus gránna agam. Ní tharlóidh sé aríst. Tá brón orm, a Dhónaill."

Rinne Mamaí gáirí leis. "Bhí sé sin go deas agat, a Learaí. Anois, maidir leatsa, a Dhónaill . . ." a dúirt sí, ag osnaíl, "gheobhaidh muid tuilleadh seampú dhuitse amárach."

"Buíochas le Dia," arsa Dónall, ag tochas mhullach a chinn aríst uair amháin eile. Bhí sé slán go ceann lá amháin eile.

An mhaidin dár gcionn ar scoil, tháinig grúpa tuismitheoirí isteach sa rang, an nóta faoi mhíola ina lámha acu agus iad ag búireach.

"Níl aon mhíola ag mo Pheigí-sa!" Bhí máthair Pheigí Pusach ag scréachaíl. "Ní raibh siad aici ariamh agus ní bheidh go brách. Cén ghraithe a bhí agaibh ag cur nóta den tsaghas sin abhaile léi!"

"Níl míola ag Séamas!" a scread a mháthair. "A leithéid de mhasla!"

"Níl míol ná míol ag Tomás!" arsa a athair. "Ach go bhfuil gasúr beag dána eicínt sa rang seo nach bhfuil ag fáil réidh leo sa mbaile!"

Sheas Máistreás Máiléad rompu.

"Ná bíodh imní ar bith oraibh ach go bhfaighidh muid an té atá ciontach," ar sise. "Tá tús á chur inniu le Cogadh na nDreancaidí!"

Scríob. Scríob. Scríob.

Chas Máistreás Máiléad thart go tobann. Bhreathnaigh a cuid súile beaga bídeacha bioracha thart timpeall an tseomra.

"Cé atá ag tochas?" a d'fhiafraigh sí.

Ciúnas.

Bhreathnaigh Dónall síos ar a leabhar agus lig sé air fhéin go raibh sé ag léamh.

"Tá Dónall ag tochas," arsa Peigí Pusach.

"Bréagadóir!" arsa Dónall Dána. "Is é Cóilín a bhí ann!"

Phléasc Cóilín Caointeach amach ag caoineadh. "Ní mé!" a dúirt sé trí na deora.

Bhreathnaigh Máistreás Máiléad anuas orthu.

"Gheobhaidh mise amach cé anseo a bhfuil agus nach bhfuil míola acu," a dúirt sí go hoilbhéasach.

"Níl siad agamsa!" arsa Peigí Pusach.

"Ná agamsa!" arsa Máirtín Mímhúinte.

"Ná agamsa!" arsa Dónall Dána.

"Ciúnas!" arsa Máistreás Máiléad. "Beidh an

t-altra Deirdre na nDreancaidí ag teacht isteach
ar maidin. Cé aige a bhfuil míola? Cé nach
bhfuil ag fáil réidh leo? Ní fada go mbeidh a
fhios againn é!"

U ó, arsa Dónall leis fhéin. Tá mo chosa nite
anois. Níorbh fhéidir Deirdre na nDreancaidí
agus a cuid racaí géara a sheachaint. Bheadh a
fhios ag chuile dhuine gur aigesean a bhí na
míola. Ní chloisfeadh sé a dheireadh ó Mháirtín
Mímhúinte go brách. Chuirfí an seampú air
chuile oíche beo. Gheobhadh Mamaí agus
Daidí amach faoi na nótaí míola ar fad a bhí
caite sa mbruscar aige . . .

Ar ndóigh, d'fhéadfadh sé ligean air fhéin
go raibh a bholg tinn agus chuirfí abhaile é.
Ach bhí drochfhaisean ag Deirdre na
nDreancaidí cuimhniú ar gach cloigeann beo
nach raibh seiceáilte aici agus iad a scrúdú
ansin os comhair an ranga ar fad.

D'fhéadfadh sé rith amach an doras agus é
ag screadach go raibh an phlá air. Ach beag
seans go gcreidfeadh Máistreás Máiléad é.

Ní raibh aon dul as. Bhí sé i ngreim an
geábh seo agus ní fhéadfadh sé éalú.

Ach amháin . . .

B'ansin a chuimhnigh Dónall ar phlean iontach. Uafásach. Bhí an plean seo chomh gránna agus chomh dána gur stop sé ar feadh nóiméid agus é idir dhá chomhairle ar cheart dhó a dhul ar aghaidh leis. Ach bhí sé i sáinn, agus an té nach bhfuil láidir níorbh fholáir dhó a bheith glic!

Chrom Dónall anuas gar do bhord Chaitríona Cliste agus theagmhaigh an dá chloigeann dá chéile.

LÉIM!

Scríob. Scríob.

"Fan amach uaim, a Dhónaill," arsa Caitríona go cantalach.

"Bhí mé ag féachaint ar do chuid scríbhneoireacht álainn," arsa Dónall.

D'éirigh sé le barr a chur ar a pheann luaidhe. Ar a bhealach anonn chuig an mbosca bruscair, bhuail sé faoi Pheaidí Beadaí.

LÉIM!

Scríob. Scríob.

Ar a bhealach ar ais ón mbosca bruscair, baineadh truisle as Dónall agus thit sé in aghaidh Fheargal Faiteach.

LÉIM!

Scríob. Scríob.

"Ááúú!" arsa Feargal.

"Gabh mo leithscéal, a Fheargail," arsa Dónall. "Bíonn an dá spág mhóra seo agam ag dul i bhfastó ina chéile. Úúúps!" ar sé ansin, ag titim thar an mbrat ar an urlár agus ag bualadh faoi chloigeann Chóilín Caointeach. Thosaigh Cóilín ag bladhrúch. "Uáááá!"

"Suigh síos ar an bpointe, a Dhónaill!" arsa Máistreás Máiléad.

"A Chóilín! Éirigh as an tochas. A Thaidhg! Cén chaoi a litríonn tú 'cat'?"

"Diabhal a fhios agam," arsa Tadhg Téagartha.

Chrom Dónall síos chuige agus chuir sé cogar ina chluais. "C-A-T," ar sé go cuiditheach.

LÉIM!

Scríob. Scríob.

Ansin chuir Dónal Dána suas a lámh.

"Sea?" arsa Máistreás Máiléad.

"Ní thuigim na sumaí seo," arsa Dónall go múinte. "An bhféadfá cúnamh a thabhairt dhom le do thoil?"

D'fhéach an múinteoir go hamhrasach air. Thaithnigh léi fanacht chomh fada amach ó Dhónall is a d'fhéadfadh sí.

Tháinig sí anonn go drogallach chomh fada leis agus chrom sí síos ag féachaint ar a chuid oibre. Chuir Dónall a chloigeann deas gar dhi.

LÉIM!

Scríob. Scríob.

Chuala siad greadadh ar dhoras an tseomra. Ansin isteach le Deirdre na nDreancaidí agus ualach racaí, scuaba, agus uirlisí eile ciaptha agus céasta aici.

"Seasaigí i líne," arsa Máistreás Máiléad, agus í ag cuimilt a cuid gruaige. "Tá altra na míola anseo."

Dia dhár réiteach, arsa Dónall leis fhéin. Is ar éigean a bhí a chuid oibre tosaithe aige fiú. Sheas sé suas go mall.

Bhí gach duine ag brú agus iad ag iarraidh a bheith ag tús na líne. Ach ansin chuimhnigh cúpla gasúr ar an gcúis go raibh siad ann agus thosaigh siad ag brú ag iarraidh a dhul siar chuig

deireadh na líne aríst. Chonaic Dónall a dheis
agus thapaigh sé ar an bpointe í. Bhrúigh sé a
bhealach trí na gasúir ar fad agus é ag
teangmháil leis an oiread acu agus a d'fhéad sé.

LÉIM!

Scríob. Scríob.

LÉIM!

Scríob. Scríob.

LÉIM!

Scríob. Scríob.

"A Dhónaill!" a bhéic Máistreás Máiléad, "fan istigh ag am sosa. Anois, siar leat chuig deireadh na scuaine. An chuid eile agaibh, stopaigí an tseafóid ar an bpointe!"

Ba í Peigí Pusach ba mhó agus ab fhaide a throid le go mbeadh sí ar an gcéad duine. Chrom sí a cloigeann go bródúil os comhair Dheirdre na nDreancaidí.

Is cinnte nach bhfuil aon mhíola agamsa," a dúirt sí.

Sháigh Deirdre na nDreancaidí an raca isteach ina cuid gruaige.

"Míola," a d'fhógair sí os ard agus í ag brú an nóta faoi mhíola isteach i láimh Pheigí.

Den chéad uair ina saol, ní raibh smid ag Peigí.

"Ach . . . ach . . ." arsa sí faoi dheireadh.

Hí hí, arsa Dónall leis fhéin. Anois níorbh eisean an t-aon duine amháin le míola.

"An chéad duine eile," arsa Deirdre na nDreancaidí.

Sháigh sí an raca i ngruaig ghréiseach Mháirtín Mhímhúinte. "Míola!" a d'fhógair sí aríst in ard a gutha.

"Dúradán Dreancaideach!" arsa Dónall leis, lán le ríméad.

"Míola!" arsa Deirdre na nDreancaidí, ag sá a raca isteach i mullach mór catach Liadan Leisciúil.

"Míola!" a dúirt sí ag breathnú trí ghruaig stoithneach Pheaidí Beadaí.

"Míola, míola, míola, míola, míola," a dúirt sí, ag síneadh a méar i dtreo Chóilín Caointeach, Caitríona Cliste, Síle Searbh, Tadhg Téagartha agus Fiachra Fiáin.

Ansin shín Deirdre na nDreancaidí a méar i dtreo Mháistreás Máiléad. Bhreathnaigh an múinteoir uirthi agus a béal oscailte.

"Tá mé ag múineadh le chúig bhliana fichead agus ní raibh míola ariamh agam," a dúirt sí. "Ní gá dhuit do chuid ama a chur amú liomsa!"

Níor thug Deirdre na nDreancaidí aon aird

uirthi agus sháigh sí an raca ina cuid gruaige.
"HMM," a dúirt sí agus chuir sí cogar i gcluais
Mháistreás Máiléad.

"NÍÍÍÍLLLL!" a bhéic Máistreás Máiléad.
Ansin, sheas sí fhéin sa líne leis na gasúir a bhí
ag béiceach agus ag caoincadh, agus iad uilig i
ngreim ina gcuid nótaí faoi mhíola.

Faoi dheireadh, tháinig sí chomh fada le
Dónall Dána

Sháigh Deirdre na nDreancaidí an raca i
gcloigeann Dhónaill agus tharraing sí trína
chuid gruaige é. Chíor sí aríst é. Agus aríst eile.

"Níl aon mhíola anseo," a dúirt sí.

"Coinnigh suas an dea-obair, maith an buachaill."

"Déanfaidh me sin, cinnte!" arsa Dónall.

Rith Dónall abhaile go sásta agus a theastas ina láimh aige.

"Féach, a Learaí!" ar seisean, "Tá mé saor ó mhíola!"

Phléasc Learaí-gan-Locht amach ag caoineadh.

"Tá mise beo leo," ar seisean go cráite.

"Nach mór an trua thú!" arsa Dónall Dána.

2

DÓNALL DÁNA AGUS DRADAIRE AN DORCHADAIS

Rug Dónall Dána greim ar a bhosca airgid agus rinne sé iarracht an glas a bhaint dhe. Bhí Mamaí len é a thabhairt chuig an siopa Bréagáin go Beo an lá ina dhiaidh sin. Faoi dheireadh thiar, bheadh deis ag Dónall an bréagán ab ansa lena chroí a cheannacht – Droch-dheochanna Dhún an Dainséir. Ha ha ha – nach é a d'imreodh na cleasanna ar chuile dhuine, ag cur deochanna le blas uafásach in áit na gceanna cearta a bhí á n-ól acu.

Agus, thar aon rud eile, bheadh Peigí Pusach ite le héad. Bhí sise ag iarraidh Dhroch-dheochanna Dhún an Dainséir freisin, ach ní raibh aon airgead aici. Bheadh sé

aigesean ar dtús agus ní raibh seans faoin spéir
go ligfeadh sé cead do Pheigí a bheith ag
spraoi leis go brách. Bhí seachtainí caite ag
Dónall ag sábháil a chuid airgid póca, seachas
corrmhilseán agus cúpla greannán anois is aríst.

Chuir Learaí-gan-Locht a chloigeann thart
timpeall an dorais.

"Tá seacht euro agus caoga trí cent sábháilte
agam," arsa Learaí go mórtasach. "Tá neart
anois agam le mo leabhar faoin nádúr a
cheannacht. Cé mhéid atá agatsa?"

"Na milliúin," arsa Dónall.

Bhí iontas ar Learaí-gan-Locht.

"Ní féidir go bhfuil," arsa Learaí. "An bhfuil
tú i ndáiríre?"

Chroith Dónall a bhosca airgid. Tháinig
gligín beag íseal as.

"Ní hin an torann a bheadh ag na milliúin,"
arsa Learaí.

"Sin mar nach
mbíonn aon torann ó
nótaí chúig euro, a
phleidhce," arsa
Dónall.

"A Mhamaí, thug Dónall pleidhce orm," a bhéic Learaí.

"Ná bí chomh dána, a Dhónaill!" a scread Mamaí ar ais.

Tharraing Dónall claibín an bhosca airgid aríst agus thit an méid a bhí istigh ann amach ar an urlár.

Rolláil bonn amháin chúig cent amach as an mbosca.

Níor chreid Dónall é. Rug sé ar an mbosca agus chuir sé a lámh isteach ann. Bhí sé folamh.

"Goideadh mo chuid airgid!" a bhéic Dónall. "Cá bhfuil mo chuid airgid? Cé a thóg é?"

Rith Mamaí isteach sa seomra.

"Cén fáth a bhfuil an oiread ruaille buaille istigh anseo?"

"Ghoid Learaí mo chuid airgid ar fad!" a scread Dónall, réidh lena dhearthár a ionsaí. "Fan go bhfaighidh mise greim ortsa, a ghadaí bhradach, a . . ."

"Níor ghoid aon duine do chuid airgid, a Dhónaill," arsa Mamaí. "Chaith tú fhéin chuile phingin dhe ar mhilseáin agus ar ghreannáin."

"Níor chaith mé!" a bhéic Dónall.

Shín Mamaí a méar i dtreo na ngreannáin agus na bpaipéir milseán a bhí ar fud an urláir i seomra Dhónaill.

"Cérbh as a dtáinig siad seo ar fad mar sin?" arsa Mamaí.

B'éigean do Dhónall Dána stopadh ag sianaíl. Bhí an ceart aici. *Bhí* a chuid airgid uilig caite aige ar mhilseáin agus ar ghreannáin. Ach ní raibh sé tugtha faoi deara aige.

"Níl sé sin féaráilte!" a bhéic sé.

"Shábháil *mise* mo chuid airgid póca ar fad," a duirt Learaí-gan-Locht. *Ní bhíonn airgead amadáin i bhfad ina phóca,* nach fíor dhom é, a Mhamaí?"

Bhreathnaigh Mamaí go sásta air. "Tá an ceart ar fad agat, a Learaí. Tá súil agam go bhfuil ceacht foghlamtha agatsa as seo, a Dhónaill."

"Is fada liom go mbeidh mo leabhar nua dúlra agam," arsa Learaí-gan-Locht. "Faraor nár shábháil tusa do chuid airgid cosúil liomsa, in áit é a chaitheamh go fánach, a Dhónaill."

Léim Dónall ar Learaí. Ba Indiach a bhí ann agus bhí sé leis an gcloigeann a bhaint den bhuachaill bó seo gan mhaith.

"ÚÚÚÚ!" a bhéic Learaí.

"A Dhónaill! Éirigh as!" arsa Mamaí. "Abair le Learaí go bhfuil brón ort."

"Níl brón orm," a bhéic Dónall. "Tá mé ag iarraidh mo chuid airgid!"

"Má chloisim focal eile asat, a mhac bán, ní bheidh tú ag dul chuig siopa bréagáin ar bith!" a dúirt Mamaí.

Chuir Dónall pus air fhéin.

"Is cuma liom," a dúirt sé faoina anáil. Cén mhaith a bheadh ann a dhul chuig Bréagáin go Beo mura bhféadfadh sé aon bhréagán a cheannacht?

Luigh Dónall Dána siar ar urlár a sheomra codlata ag ciceáil páipéir mhilseáin as an mbealach. €4.99 a bhí ar an mbréagán a bhí uaidh. Bheadh air an t-airgead sin a fháil roimh amárach. Ach cén chaoi a ndéanfadh sé é sin?

D'fhéadfadh sé airgead Learaí a ghoid. Bhí an-chathú air é sin a dhéanamh, mar go raibh a fhios aige cén áit ina chása veidhlín a choinníodh Learaí a chuid airgid. Nach mbeadh sé ina chraic ansin nuair a gheobhadh Learaí amach go raibh an t-airgead imithe? Thosaigh Dónall ag gáirí leis fhéin.

Ach b'fhéidir nárbh in an plean ab fhearr. Cinnte dearfa, cheapfadh Mamaí agus Daidí gurbh é a thóg é, go háirithe má bhí airgead go tobann ag Dónall agus gan aon phingin fágtha ag Learaí.

D'fhéadfadh sé roinnt dá chuid greannáin a dhíol le Peigí Pusach.

"Ní dhéanfaidh!" a bhéic Dónall, ag tarraingt a chuid greannáin chuige fhéin. Ní scarfadh sé lena chuid greannáin go deo. Chaithfeadh sé a theacht ar phlean eile.

Ansin bhuail smaoineamh iontach, dochreidte Dónall. Bhí sé chomh maith mar phlean go ndearna sé damhsa beag áthais de bharr chomh sásta agus a bhí sé. Bheadh an bréagán a bhí uaidh aige cinnte. Agus ní hamháin sin, ach is é Learaí a thabharfadh

chuile phingin a bhí ag teastáil uaidh dhó.
Thosaigh Dónall ag gáirí. Cén bhrí ach a
laghad oibre a bhainfeadh leis – agus nach aige
a bheadh an chraic á dhéanamh.

Síos le Dónall Dána chuig seomra Learaí-gan-
Locht. Bhí Learaí ann in éineacht lena chairde,
a bhí uilig i mBuíon na mBuachaillí Béasacha
(An mana a bhí acu: an bhféadfainn cabhrú
leat?), Naoise Néata, Marcas Múinte agus Bran
Glan. B'in mar ab fhearr é – bheadh níos mó
airgid fós aige! Bhí Dónall ag sciotaíl leis fhéin
agus a chluas aige le poll na heochrach, ag
éisteacht leo ag plé na rudaí deasa a bhí déanta
acu do dhaoine.

"Thug mise cúnamh do sheanbhean ag dul
trasna an bhóthair *agus* d'ith mé mo chuid
glasraí ar fad," arsa Learaí.

"Choinnigh mise mo sheomra deas néata i
gcaitheamh na seachtaine," arsa Bran Glan.

"Sciúr mise an folcadán agus níor iarr aon
duine orm é a dhéanamh," arsa Naoise Néata.

"Ní dhearna mise dearmad uair amháin
fhéin 'más é do thoil é' agus 'go raibh maith
agat' a rá," arsa Marcas Múinte.

Tháing Dónall isteach sa seomra gan
choinne.

"Pasfhocal!"a bhéic Learaí-gan-Locht.

"Vitimíní," arsa Dónall.

"Cén chaoi a raibh a fhios agat é sin?" arsa Bran Glan, a bhéal ar oscailt agus é ag féachaint ar Dhónall.

"Ní bheidh a fhios agat go deo!" arsa Dónall, a bhí ina spiadóir den scoth. "Is dócha nach bhfuil a fhios agaibhse aon rud faoi Dhradairí an Dorchadais?"

Bhreathnaigh na buachaillí ar a chéile.

"Céard iad sin?" arsa Bran Glan.

"Sin iad na harrachtaigh is gránna, is contúirtí, is scanrúla agus is uafásaí dár mhair ariamh," arsa Dónall. "Agus tá a fhios agamsa cá bhfuil ceann ina chónaí."

"Cén áit?" arsa Marcas Múinte.

"Níl mé ag dul é sin a inseacht dhaoibh," arsa Dónall.

"Más é do thoil é!" arsa Bran Glan.

Chroith Dónall a chloigeann agus d'ísligh sé a ghlór.

"Ní thagann Dradairí an Dorchadais amach go dtí titim na hoíche," a dúirt sé i gcogar. "Bíonn siad i bhfolach sa dorchadas agus ansin sleamhnaíonn siad amach agus ITHEANN SIAD TÚ!!" a bhéic sé go tobann.

Léim Buíon na mBuachaillí Béasacha siar le teann faitís.

"Níl mise scanraithe," arsa Learaí-gan-Locht, "agus níor chuala mise trácht ariamh ar Dhradaire an Dorchadais."

"Sin mar go bhfuil tu ró-óg," arsa Dónall

Dána. "Ní insíonn daoine fásta do ghasúir faoi, mar nach bhfuil siad ag iarraidh faitíos a chur oraibh."

"Tá mise ag iarraidh é a fheiceáil," arsa Bran Glan.

Tá mise chomh maith," arsa Marcas Múinte agus Naoise Néata.

Níor dhúirt Learaí tada ar feadh cúpla soicind.

"Ar cleas é seo, a Dhónaill?"

"Cén fáth a gceapfá é sin?" arsa Dónall. "Agus ó dúirt tú é, níl cead agatsa a theacht linn."

"Ó, le do thoil, a Dhónaill," arsa Learaí.

D'fhan Dónall ar feadh nóiméid aríst.

"Tá go maith," a dúirt sé. "Tiocfaidh muid le chéile sa ngairdín ar chúl an tí nuair a bheas sé dorcha. Ach cosnóidh sé dhá euro an duine oraibh."

"Dhá euro!" a dúirt siad uilig agus iontas orthu.

"An bhfuil sibh ag iarraidh Dradaire an Dorchadais a fheiceáil nó nach bhfuil?"

D'fhéach Learaí-gan-Locht ar a chuid cairde.

Bhí siad ar fad ar aon tuairim.

"Go maith," arsa Dónall Dána. "Feicfidh mé sibh ag a sé a chlog. Agus ná déanaigí dearmad ar an airgead."

Hí hí, arsa Dónall leis fhéin. Ocht euro! Dá mbeadh an méid sin aige, d'fhéadfadh sé Droch-dheochanna Dhún an Dainséir a cheannacht *agus* Bosca Bréanbheatha chomh maith.

D'airigh sé screadach ard ag teacht as an ngairdín béal dorais.

"Tabhair ar ais mo shluasaid dhom," a chuala sé Peigí Pusach ag béiceach in ard a gutha.

"Tá tusa chomh gránna, a Pheigí," arsa Síle Searbh. "Níl mé á thabhairt ar ais. Is liomsa cartadh a dhéanamh anois leis."

UAICC! UAICC!

"UÁÁÁ!"

Is deas an tsuim airgid é ocht euro, arsa Dónall leis fhéin, ach bheadh dhá euro déag níos deise fós.

"Céard atá sibh a dhéanamh?" arsa Dónall agus é ag caitheamh a chois thar an sconsa.

"Bailigh leat, a Dhónaill!" arsa Peigí Pusach.

"Sea, a Dhónaill," a dúirt Síle Searbh, ag cuimilt a cuid deora. "Níl muid do d'iarraidh."

"Tá go maith, mar sin," arsa Dónall. "Ní inseoidh me dhaoibh faoi Dhradaire an Dorchadais atá faighte agam."

"Níl aon suim againn ann," arsa Peigí ag iompú a droma leis.

"Suim dá laghad," arsa Síle.

"Bhuel, ná cuir aon mhilleán ormsa nuair a

thagann an Dradaire thar an gclaí agus nuair a stróiceann sé as a chéile sibh agus nuair a changlaíonn sé bhur gcuid putóga," arsa Dónall Dána agus é faoi réir le n-imeacht.

Bhreathnaigh na cailíní ar a chéile.

"Fan nóiméad anois," a dúirt Peigí leis.

"Céard é fhéin?" arsa Dónall.

"Níl tú ag cur aon fhaitíos ormsa," arsa Peigí.

"Taispeáin dhom nach bhfuil, mar sin," arsa Dónall.

"Cén chaoi?" arsa Peigí.

"Cas orm sa ngairdín s'againne tráthnóna ag a sé agus taispeánfaidh mise Dradaire an

Dorchadais dhaoibh. Ach cosnóidh sé dhá euro an duine oraibh."

"Déan dearmad air," arsa Peigí. "Fág seo, a Shíle."

"Gabh go réidh," arsa Dónall go sciobtha. "Euro an duine, mar sin."

"Níl baol orm," arsa Peigí.

"Agus gheobhaidh sibh an t-airgead ar ais más rud é nach scanraíonn Dradaire an Dorchadais sibh," arsa Dónall.

Rinne Peigí gáirí.

"Bíodh sé ina mhargadh," ar sise.

Nuair a bhí gach duine imithe as an mbealach, shleamhnaigh Dónall isteach faoi na sceacha agus chuir sé mála nithe tábhachtacha i bhfolach ann: sean t-léine stróicthe, sean-treabhsar salach agus buidéal mór millteach anlann trátaí. Ansin, rinne sé a bhealach isteach sa teach go ciúin agus d'fhan sé gur thit an dorchadas.

"Go raibh maith agat, go raibh maith agat, go raibh maith agat," arsa Dónall agus é ag bailiú dhá euro an duine ó gach ball de Bhuíon na mBuachaillí Béasacha. Chuir Dónall an t-airgead isteach ina bhosca airgid go cúramach. Bhí sé saibhir!

Thug Peigí Pusach agus Síle Searbh euro an duine dhó.

"Agus ná déan dearmad, a Dhónaill, go bhfaighidh muid an t-airgead sin ar ais mura scanraítear muid!" arsa Peigí go crosta leis.

"Dún do chlab, a Pheigí," arsa Dónall. "Tá mise ag cur mo bheatha i mbaol ar mhaithe libhse agus níl tusa ag cuimhniú ar aon rud ach ar an airgead. Anois fanaigí anseo, chuile dhuine, ná bíodh gíog asaibh agus ná corraígí," ar seisean i gcogar. "Caithfidh muid a theacht aniar aduaidh ar an Dradaire, mar mura dtagann . . ." stop Dónall agus tharraing sé a mhéar trasna a scornaí . . . "tá mise réidh. Tá mé ag dul amach anois ar thóir an arrachtaigh. Nuair a aimsím é

agus má bhíonn sé sábháilte, ligfidh mé fead.
Ansin tagaigí chomh fada liom, ach bígí
chomh ciúin agus is féidir libh. Agus bígí
cúramach!"

Amach le Dónall agus síos chuig an gcúinne
dorcha ag cúl an ghairdín.

Stop chuile dhuine ag caint ar feadh cúpla
nóiméad.

"Tá sé seo amaideach," arsa Peigí Pusach.

Go tobann, chuala siad gnúsacht íseal i
ndorchadas na hoíche.

"Céard é sin?" arsa Bran Glan go
neirbhíseach.

"A Dhónaill? An bhfuil tú ceart go leor? A
Dhónaill?" arsa Learaí-gan-Locht.

D'athraigh an ghnúsacht íseal ina dhrannadh
fíochmhar.

CRAIS. UAIISSS!

"CABHRAÍGÍ LIOM! CABHRAÍGÍ
LIOM! TÁ AN DRADAIRE I MO
DHIAIDH! RITHIGÍ GO BEO!" a bhéic
Dónall, ag teacht amach as na sceacha chucu.
Bhí a t-léine agus a threabhsar stróicthe, salach.
Bhí fuil chuile áit.

Thosaigh Buíon na mBuachaillí Béasacha ag
scréachaíl agus rith siad.

Thosaigh Peigí Pusach ag scréachaíl agus rith sí.

Thosaigh Síle Searbh ag scréachaíl agus rith sí.

Thosaigh Dónall Dána ag scréachaíl agus . . . stop sé.

D'fhan sé go raibh gach duine imithe. Ansin, chuimil sé cuid den anlann trátaí dá éadan, rug sé greim ar a bhosca airgid agus thosaigh sé ag damhsa thart timpeall an ghairdín le háthas.

"Airgead! Airgead! Airgead! Airgead!" a scread sé, ag léimneach agus ag preabadh. Dhamhsaigh sé agus léim sé, léim sé agus dhamhsaigh sé. Bhí an oiread damhsa agus preabadh ar siúl aige nár thug sé faoi deara an cruth dorcha a bhí ag sleamhnú isteach sa ngairdín taobh thiar de.

"Airgead! Airgead! Agus is liomsa ar fad é! Is liomsa . . .!" Stop sé go tobann. Céard é an torann sin? D'airigh Dónall a chroí ag bualadh.

"Ní féidir," a dúirt sé. "Níl aon rud ann."

Ansin, go tobann, amach as na sceacha, léim Cruth Dorcha agus lig sé búir ollmhór.

Bhí faitíos a anama ar Dhónall agus thosaigh sé ag screadach. Thit an t-airgead uaidh agus rith sé chomh sciobtha agus a bhí sé in ann. Phioc an Cruth Dorcha suas an bosca argid agus shleamhnaigh sé ar ais thar an sconsa.

Níor stop Dónall ag ag rith nó go raibh sé slán sábháilte ina sheomra fhéin agus an doras faoi ghlas aige. Bhí a chroí ag bualadh ar nós druma.

"B'in i ndáiríre Dradaire an Dorchadais," a dúirt sé leis fhéin agus é ag creathadh. "Agus tá sé ag teacht i mo dhiaidh-sa!"

Níor chodail Dónall Dána néal. Chuile uair a chuala sé gleo nó gíoscán ar bith, dhúisigh sé. Bhí sé ag creathadh agus ag caoineadh i gcaitheamh na hoíche. Bhí sé chomh dona agus gur chodail sé amach an mhaidin dár gcionn, tar éis dhó an oíche a bheith caite aige ag casadh agus ag únfairt sa leaba.

FIIIISSSSS! POP! GLUGAR! BEAING!

Dhúisigh Dónall de léim. Céard é an gleo sin? Tharraing sé an phluid anuas dá chloigeann agus d'éist sé.

FIIIISSSSS! POP! GLUGAR! BEAING!

Bhí an torann ag teacht ón teach béal dorais.

Rith Dónall anonn chuig an bhfuinneog agus d'oscail sé na cuirtíní. Bhí Peigí Pusach ag suí taobh amuigh agus mála mór millteach Bréagáin go Beo lena taobh. Os a comhair amach bhí . . . Droch-dheochanna Dhún an Dainséir. Chonaic sí é, rinne sí gáirí agus chroch sí suas deoch dhubh dhorcha a raibh deatach ag éirí as.

"An bhfuil tú ag iarraidh deoch Dhradaire an Dorchadais, a Dhónaill?" arsa Peigí go milis.

3

TURAS SCOILE DHÓNAILL DHÁNA

"Ná déan dearmad ar mo lón don turas scoile," arsa Dónall Dána den deichiú uair. "Tá mé ag iarraidh criospaí, brioscaí, seacláid agus deoch mhilis."

"Níl baol ort iad sin a fháil, a Dhónaill," arsa Daidí agus é ag gearradh cairéid. "Tá mé ag réiteach lón breá folláin dhuit."

"Ach níl mé ag iarraidh lón folláin," a bhéic Dónall. "Is maith liom milseáin!"

"Euuch, milseáin," arsa Learaí-gan-Locht. Bhreathnaigh sé isteach ina bhosca lóin.

"Ó, go maith, tá úlla agam!" arsa Learaí.

"Agus ceapaire arán donn le hubh agus leitís agus neart crústaí. Agus níos fearr aríst, píosaí cairéid! Go raibh míle maith agat, a Dhaidí. A Dhónaill, mura n-itheann tusa bia folláin, ní fhásfaidh tú suas i d'fhear mór láidir."

"Dún do chlab," arsa Dónall. "Taispeánfaidh mise dhuitse cé chomh láidir agus atá mé, a dheospailín suarach," agus léim sé ar Learaí. Ba nathair nimhe a bhí ann a bhí ag tachtadh a bhéile de réir a chéile.

"Uccch!" arsa Learaí agus é ag triail análú.

"Ná bí chomh dána, a Dhónaill!" a bhéic Mamaí, "nó ní bheidh tú ag dul ar thuras scoile ar bith."

Scaoil Dónall le Learaí. Thaithnigh turais scoile go mór le Dónall. Ní raibh obair scoile le déanamh. Ní raibh aon tionól scoile ann. Fuair tú lón breá. Bhí deis agat a bheith ag ealaín i gcaitheamh an lae. Cé nach dtaithneodh sé sin leo?

"Beidh muide ag dul chuig Monarcha Mhilis an Mhol Thuaidh," arsa Dónall. "Beidh uachtar reoite saor in aisce ann do chuile dhuine. Yipí!"

Chuir Learaí-gan-Locht strainc air fhéin. "Ní maith liomsa uachtar reoite," a dúirt sé.

"Tá mo rangsa ag dul chuig áit i bhfad níos fearr – músaem na cathrach. Agus beidh Mamaí ag teacht linn le cúnamh a thabhairt."

"B'fhearr liom go gcaithfí isteach in uisce bruite mé agus go n-íosfadh canablaigh mé ná a dhul chuig an diabhal de mhúsaem leadránach sin," arsa Dónall Dána agus drioganna air ag smaoineamh air fiú. Tharraing Mamaí ann uair amháin é. Ní rachadh sé ar ais go brách.

Ansin thug Dónall faoi deara an t-léine a bhí ar Learaí-gan-Locht. Bhí sé díreach cosúil leis an gceann a bhí air fhéin, ceann corcra agus réalta órga air.

Lig sé búir. "Abair le Learaí gan a bheith ag déanamh aithrise ar an éadach atá mise a chaitheamh ag dul ar scoil!"

"Ach cén dochar?" arsa Mamaí. "Tá sibh ag dul ar dhá thuras dhifriúla. Ní thabharfaidh aon duine faoi deara é."

"Fan amach as mo bhealach," a dúirt Dónall go drochmhúinte le Learaí. "Níl mé ag iarraidh go gceapfadh aon duine go bhfuil gaol againn lena chéile."

Bhí sceitimíní ar rang Dhónaill Dhána agus iad ag dul ar an mbus.

"Tá criospaí agamsa!" arsa Fiachra Fiáin.

"Tá brioscaí agamsa," arsa Feargal Faiteach.

"Tá milseáin agus seacláid agus taifí agus cóc agamsa!" arsa Peaidí Beadaí.

"UAAAAA!" arsa Cóilín Caointeach. "Rinne mise dearmad ar mo lón!"

"Ciúnas!" arsa Máistreás Máiléad, agus thosaigh an bus ag tarraingt amach. "Suígí síos agus fanaigí socair. Níl cead a bheith ag ithe ar an mbus. A Chóilín, stop ag straoisíl."

"Caithfidh mise a dhul chuig an leithreas!" arsa Liadan Leisciúil.

"Bhuel, fanfaidh tú anois," arsa Máistreás Máiléad go crosta.

Bhrúigh Dónall Dána síos chuig na

50

suíocháin i gcúl an bhus, san áit a raibh Peaidí
Beadaí agus Máirtín Mímhúinte. B'in na
suíocháin ab fhearr leis. Ní fhéadfadh Máistreás
Máiléad é a fhiceáil agus bhí sé in ann a
bheith ag déanamh straoiseanna leis na
carranna a bhí taobh thiar den bhus.

Scaoil Dónall agus Máirtín anuas an
fhuinneog agus thosaigh siad ag aithris rann . . .

"D'éirigh Peigí i lár na hoíche
Shuigh sí síos agus lig sí — "

"A Dhónaill," a bhéic Máistreás Máiléad.
"Cas thart agus dún do bhéal ar an bpointe!"

"Caithfidh mise a dhul chuig an leithreas!"
arsa Fiachra Fiáin.

"Féach céard atá agamsa, a Dhónaill," arsa
Peaidí Beadaí agus mála mór millteach milseáin
aige.

"Tabhair dhom ceann," arsa Dónall.

"Agus dhomsa," arsa Máirtín Mímhúinte.

Thosaigh an triúr buachaillí ag placadh
milseáin.

"Euuuch! Ceann líomóide," arsa Dónall
agus é ag tarraingt an mhilseáin leathchangailte
amach as a bhéal. Euuch. Chaith sé uaidh é.

PING!

Bhuail an milseán Peigí Pusach ar chúl a
muiníl.

Chas sí timpeall agus thug drochfhéachaint ar Dhónall.

"Éirigh as, a Dhónaill!" ar sise go cantalach.

"Ní dhearna mise tada," arsa Dónall.

PING!

Chuaigh milseán isteach i ngruaig Shíle Searbh.

PING!

Ghreamaigh milseán de gheansaí nua Fheargal Faiteach.

"Tá Dónall ag caitheamh milseáin!" a scread Peigí Pusach.

Chas Máistreás Máiléad thart.

"A Dhónaill! Tar aníos anseo in aice liomsa," ar sise.

"Caithfidh mé a dhul chuig an leithreas!" arsa Cóilín Caointeach.

Faoi dheireadh thiar, bhain siad amach Monarcha Mhilis an Mhol Thuaidh. Bhí cón uachtair reoite mór millteach a raibh cuma an-bhlasta air crochta os cionn an chomhartha ar an mbealach isteach.

"Tá muid ann!" a scread Dónall.

"Uachtar reoite, uachtar reoite, íosfaidh muid é nó go mbeidh muid breoite," a bhéic na gasúir ar fad nuair a stop an bus taobh amuigh den gheata.

"Cén fáth nach bhfuil muid ag dul isteach?" a dúirt Peaidí Beadaí. "Tá mise ag iarraidh mo chuid uachtair reoite anois!"

Sháigh Dónall a chloigeann amach an fhuinneog. Bhí na geataí dúnta agus faoi ghlas. Scríofa ar chomhartha mór bhí "DÚNTA ar an Luan". Tháinig dath geal ar Mháistreás Máiléad. "Ní chreidim é," a dúirt sí go híseal.

"A ghasúir, is cosúil go bhfuil dearmad beag déanta againn agus go bhfuil muid tagtha ar an lá mícheart," arsa Máistreás Máiléad. "Ach cén dochar. Rachaidh muid chuig . . ."

"An músaem eolaíochta!" a dúirt Caitríona Cliste.

"An zú!" a bhéic Fiachra Fiáin.

"Spásghunnaí Scéiniúla!" a scread Dónall Dána.

"Ní hea," a dúirt Máistreás Máiléad. "Rachaidh muid chuig Músaem na Cathrach.

"Euuuch," a dúirt chuile dhuine sa rang agus iad ag ligean osna mhór astu. Ní raibh osna aon duine chomh hard le ceann Dhónaill Dhána.

D'fhág na gasúir a gcuid boscaí lóin agus a gcuid cótaí sa seomra bia agus lean siad an treoraí chuig Seomra a hAon.

"Ar dtús, a ghasúir, beidh deis againn féachaint ar bhailiúchán tairní Mhicil Joe Sheáin," arsa an treoraí. "Agus ansin feicfidh sibh an taispeántas cáiliúil atá againn de chlaibíní crúscaí agus de sheanchnaipí. Agus, níos fearr aríst, fan go bhfeice sibh na taispeántais nua atá againn! Ceann de chréafóg ó gharraí an ardmhéara agus ceann iontach ina bhfuil pictiúir de chomhairleoirí contae nuair a bhí siad beag!"

Bhí a fhios ag Dónall Dána go gcaithfeadh sé éalú.

"Caithfidh mé a dhul chuig an leithreas," arsa Dónall.

"Bhuel, déan deifir," a dúirt Máistreás Máiléad. "Agus tar ar ais ar an bpointe boise!"

Bhí na leithris díreach in aice leis an seomra lóin.

Chuaigh Dónall isteach go bhfeicfeadh sé a raibh a lón fós san áit ar fhág sé é. Sea, bhí sé ann, díreach in aice le lón Mháirtín Mhímhúinte.

"Meas tú cén lón atá ag Máirtín?" arsa Dónall leis fhéin, ag féachaint ar an mbosca a bhí amach roimhe. Ní dhéanfadh sé dochar ar bith breathnú isteach ann.

A mhac go deo! Bhí bosca lóin Mháirtín ag cur thar maoil le criospaí, milseáin, agus ceapairí suibhe ar bhuilín bán.

"Beidh sé tinn má itheann sé an truflais sin uilig!" a dúirt Dónall leis fhéin. "Caithfidh mé cúnamh a thabhairt dhó."

Níor thóg sé ach soicind ar Dhónall ceapaire Mháirtín a bhabhtáil lena cheapaire ubh agus leitís fhéin.

Níl an lón seo folláin, beag ná mór, a dúirt Dónall leis fhéin agus é ag breathnú isteach i mbosca lóin Pheaidí Beadaí. Is é an chaoi go mbeinn ag déanamh gar dhó dá gcuirfinn cuid de mo chuid cairéid isteach in áit a chuid milseáin.

Agus féach ar na rudaí milse seo uilig, a dúirt sé leis fhéin, ag crúbadh chácaí beaga Shíle Searbh. Is léir nach dtuigeann sí nach bhfuil an lón seo folláin.

Léim bosca rísíní amach as bosca lóin Dhónaill isteach i gceann Shíle agus léim cáca milis amach as bosca lóin Shíle agus isteach ina bhosca fhéin.

"Muise, muise," arsa Dónall agus é ag crochadh leis barra seacláide le Tomás Taghdach

agus ag cur úlla leis fhéin ina áit. Nár thuig
Tomás go raibh an iomarca siúcra go dona ag
na fiacla!

Tá sé sin níos fearr, a dúirt sé go sásta leis
fhéin, ag féachaint ar a lón nua. Ar ais leis
ansin chuig an rang, a bhí bailithe thart
timpeall ar chása mór gloine.

"Seo an chréafóg inár fhás Páidín Ó
Raifeartaigh a chuid trátaí a bhuaigh an chéad
áit i dtaispeántas talmhaíochta an chontae
caoga bliain ó shin," arsa an treoraí, "gan trácht
ar a chuid fataí, scailliúin, piseanna, cairéid . . ."

"Cén uair a bheas muid ag ithe lóin?" a
dúirt Dónall go tobann.

"Tá mise stiúgtha!" arsa Peaidí Beadaí.

"Tá mo bholg ag glugarnaíl le hocras," arsa Máirtín Mímhúinte go cantalach.

"Cén uair a bheas muid ag ithe?" arsa Peigí Pusach go míshásta.

"TÁ OCRAS ORAINN!" a bhéic na gasúir uilig.

"Tá go maith," arsa Máistreás Máiléad. "Beidh greim le n-ithe againn."

Rith an rang isteach sa seomra agus tharraing siad amach na boscaí lóin. Shuigh Dónall sa gcúinne agus thosaigh sé ag placadh.

Bhí ciúnas iomlán ann ar feadh nóiméid agus ansin thosaigh an bhúireach.

"Cá bhfuil mo cháca milis?" a bhéic Síle Searbh.

"Tá mo chuid milseáin imithe!" a scread Peaidí Beadaí.

"Céard sa diabhal é seo? Uibheacha? Leitís? Euuch!" arsa Máirtín ag caitheamh a cheapaire le Feargal Faiteach.

B'in a thús. Thosaigh chuile dhuine ag caitheamh píosaí cairéid, rísíní, crústaí aráin agus úllaí le chéile. Rinne Dónall gáirí beag leis fhéin agus é ag cuimilt an phíosa dheiridh seacláide dá bhéal.

"Éirígí as ar an bpointe! Stopaigí!"a bhéic

Máistreás Máiléad. "Maith an buachaill, a
Dhónaill. Is tú an t-aon duine nach bhfuil
imithe fiáin orm. Féadfaidh tusa a dhul chun
tosaigh agus muid ar an mbealach chuig an
taispeántas seanphotaí i Seomra a Dó."

Amach le Dónall go bródúil os comhair na
ngasúir eile, a bhí fós ag giúnaíl agus ag
tarraingt na gcos. Ansin thug sé faoi deara an
t-ardaitheoir ag deireadh an phasáiste. Scríofa ar
an gcomhartha bhí:

FOIREANN OIBRE AMHÁIN:
NÍL CEAD ISTEACH

Meas tú cá dtéann an t-ardaitheoir sin, arsa Dónall leis fhéin.

"Stop an buachaill sin!" a bhéic duine de na maoirseoirí. Ach bhí sé rómhall.

Bhí Dónall rite isteach san an ardaitheoir agus an cnaipe in uachtar brúite aige.

Suas leis, suas, suas, suas.

Tháinig sé amach i seomra beag a raibh cuid mhaith taispeántais ann, a raibh cuma leathchríochnaithe orthu. Bhí taispeántas ann de liostaí seanleabhra leabharlainne – bhí ceann

ann dar teideal "Bolgáin solais ó 1965 anall"
agus bhí go leor, leor clocha ann.

Ach ansin chonaic Dónall rud sa gcúinne a
bhreathnaigh sách suimiúil – cnámharlach
madra agus rópa gorm veilbhite os a chomhair.

Bhreathnaigh Dónall go géar air.

Níl ansin ach cnámha, a dúirt sé leis fhéin.

Chroith sé an rópa gorm veilbhite agus
ansin sheas sé air.

"Féach ormsa, tá mé ag siúl ar théad sa
sorcas," arsa Dónall ag gáirí agus ag luascadh ar
an rópa gorm. "Féach chomh maith agus atá
mé in ann . . . ÁÁÁÁÁÁÁÁÁÁÁ!"

Go tobann, thit Dónall Dána agus bhuail sé
faoin gcnámharlach.

CLITEAR CLEATAR. Thit na cnámha go talamh.

DING DING DING. Thosaigh an t-aláram slándála ag sianaíl.

Rith gardaí an mhúsaeim isteach sa seomra.

U ó, arsa Dónall Dána leis fhéin. Shleamhnaigh sé idir chosa duine de na gardaí agus rith sé. Bhí sé in ann na gardaí a chloisteáil ag teacht ina dhiaidh.

Rith sé isteach i seomra mór, lán le comharthaí bóthair, seanticéid bhus agus soilse tráchta briste. Ag cúl an tseomra, chonaic Dónall rang Learaí-gan-Locht cruinnithe le chéile os comhair "Stair an Draein". A thiarcais. Bhí Mamaí leo.

Chuaigh Dónall i bhfolach taobh thiar de na comharthaí bóthair.

Isteach leis na gardaí sa seomra agus iad sa tóir air.

"Féach ansin thall é!" a bhéic duine acu. "An buachaill a bhfuil an t-léine chorcra le réalta órga air!"

Níor chorraigh Dónall. Rith na gardaí thairis gan féachaint ina threo. Síneadh lámh mhór fhada amach agus tharraing sí Learaí-gan-Locht amach as an ngrúpa gasúir.

"Tá tusa ag teacht linne," a dúirt an garda go feargach. "Seo leat chuig seomra na ngasúir dhána!"

"Ach . . . ach . . ."

"Ná bac le *ach*!" arsa an garda go crosta. "Cé atá i gceannas ar an ngrúpa seo?"

"Mise," a dúirt Mamaí. "Céard atá ar siúl agat?"

"Caithfidh tusa tú féin a theacht liom," a d'ordaigh an garda.

"Ach . . . ach," a dúirt Mamaí go stadach.

Chroch na gardaí leo Learaí-gan-Locht agus Mamaí, an bheirt acu ag screadach agus ag argóint i mbarr a ngutha.

Ansin chuala Dónall glór a d'aithnigh sé ar an bpointe.

"A Pheigí, stop ag brú," arsa Máistreás Máiléad. "Ná leag lámh ar thada, a Mháirtín. Stop ag straoisíl, a Chóilín. Déanaigí deifir, a ghasúir! Beidh an bus ag imeacht i gceann chúig nóiméad. Siúladh chuile dhuine go deas ciúin chuig an doras."

Ar an bpointe, thosaigh chuile dhuine ag rith.

D'fhan Dónall Dána go raibh an chuid is mó de na gasúir imithe thairis agus ansin chuaigh sé ar ais aríst chuig a ghrúpa ranga.

"Cá raibh tusa, a Dhónaill?" arsa Máistreás Máiléad go mífhoighdeach.

"Bhí mé ag baint sásamh as an músaem iontach seo," arsa Dónall Dána. "Cén uair a bheas muid in ann a theacht ar ais anseo?"

4

DÓNALL DÁNA AGUS AN DINNÉAR GALÁNTA

FISS! POP! GLUGAR!

Shuigh Dónall Dána ar urlár na cistine ag féachaint ar an deoch bhreá chorcra a bhí déanta aige as Droch dheochanna Dhún an Dainséir.

BRÚCHT! SIL! SPLEAIT!

Díreach taobh leis an deoch, bhí an Bosca Bréanbheatha ag réiteach roinnt criospaí lofa a chuirfeadh fonn múisce ar aon duine a d'íosfadh iad.

Tháinig Daidí isteach sa gcisteanach faoi dheifir.

An bhfuil tú ag iarraidh criospa?" arsa Dónall agus straois gháirí air.

"Nílim,"arsa Daidí. "Agus tá sé ráite agam leat míle agus céad uair a dhul suas i do sheomra má tá tú ag iarraidh spraoi leis na rudaí brocacha sin."

Níor thuig Daidí ó thalamh Mhic Dé cén fáth ar cheannaigh Mamó Dhónaill na bréagáin uafásacha sin dhó faoi Nollaig.

"A Dhónaill, tá mé ag iarraidh go n-éistfidh tú go cúramach liom," arsa Daidí agus é ag tarraingt amach cógaisí bácála faoi dheifir. Tá an duine a bhfuil Mamaí ag obair dhó ina post nua ag teacht anseo le haghaidh dinnéir lena bhean faoi cheann uair an chloig. Tá mé ag iarraidh go mbeidh tú an-mhaith agus go ndéanfaidh tú gach rud a deirtear leat."

"Cinnte dearfa," a dúirt Dónall agus a chuid airde uilig dírithe ar a chuid deochanna.

Ní thagadh daoine le haghaidh dinnéar i dteach Dhónaill go minic. An uair dheiridh ar tharla sé, tháinig Dónall anuas an staighre i ngan fhios, d'ith sé an cáca seacláide iomlán a bhí réitithe ag Daidí mar mhilseog agus ansin chuir sé amach ar an tolg. An uair roimhe sin, bhí cúisíní broimeanna curtha aige ar

chathaoireacha na gcuairteoirí, bhain sé plaic as Learaí agus bhris sé an bord nuar a sheas sé air.

Thosaigh Daidí ag tarraingt anuas na bpotaí.

"Céard atá tú a réiteach?" arsa Learaí, a bhí ag cur ord agus eagar ar a bhailiúchán stampaí.

"Bradán le hanlann líomóide," arsa Daidí, ag féachaint ar an liosta a bhí aige.

"Go hálainn!" arsa Learaí. "Is breá liom an dinnéar sin!"

"Euuuchh!" arsa Dónall. "Tá mise ag iarraidh píotsa. Cén mhilseog a bheas ann?"

"Mús seacláide."

"An féidir liomsa cúnamh a thabhairt dhaoibh?" arsa Learaí-gan-Locht.

"Cinnte dearfa, is féidir," arsa Mamaí go sásta.

"Féadfaidh tusa cnónna agus criospaí a thabhairt amach nuair a thagann na cuairteoirí."

Cnónna? Criospaí? Bhioraigh cluasa Dhónaill.

"Tabharfaidh mise cúnamh freisin," a dúirt Dónall.

Bhreathnaigh Mamaí go grinn air. "Feicfidh muid," a dúirt sí.

"Ní cheapann mise gur cheart go mbeadh cead ag Dónall na cnónna a thabhairt amach," a dúirt Learaí-gan-Locht. "Íosfaidh sé fhéin ar fad iad."

"Dún do chlab, a leibide," arsa Dónall go crosta.

"A Mhamaí, dúirt Dónall liom mo chlab a dhúnadh," a dúirt Learaí agus thosaigh sé ag caoineadh.

"A Dhónaill, ná bí chomh dána!" arsa Dáidí, ag fáisceadh sú as na líomóidí.

Fad agus a bhí Daidí ag réiteach an bhradáin, leag Mamaí an bord agus chuir sí amach na plátaí agus na gloineacha maithe.

"Haigh! Níl do dhóthain plátaí agat!" arsa Dónall. Níor chuir tú amach ach do dhóthain do cheathrar!"

"Sin é é," arsa Mamaí. An tUasal Ó Gráinne, a bhean, Daidí agus mé fhéin."

"Céard fúmsa?" arsa Dónall.

"Agus ceard fúmsa?" arsa Learaí.

"Is dinnéar do dhaoine fásta é seo," arsa Mamaí.

"Tá . . . tá . . . sibh ag iarraidh . . . ormsa . . . a dhul a chodladh?" arsa Dónall go stadach. "Ní . . . ní . . . bheidh mise ag ithe libh?"

"Ní bheidh," arsa Daidí.

Thosaigh Dónall ag búireach. "Níl sé sin féaráilte! Céard a bheas agamsa le haghaidh mo dhinnéir más mar sin é?"

"Ceapaire cáise," arsa Daidí. "Caithfidh muide muid fhéin a réiteach. Tá mise dhá nóiméad ar gcúl cheana fhéin i mo sceideal!"

"Níl mise ag dul ag ithe an rud lofa seo!" a bhéic Dónall, ag brú an cheapaire den phláta. "Tá mise ag iarraidh píotsa!"

"Tá sé sin ceart go leor, a Dhaidí," arsa Learaí, ag ithe a cheapaire. "Tuigim go dteastaíonn ó dhaoine fásta a bheith leo fhéin scaití."

D'ionsaigh Dónall Learaí. Canablach a bhí ann, ag réiteach a bhéile don phota!

Thosaigh Learaí ag sianaíl. "ÁÁÁÁ!"

"Sin é é, a Dhónaill! Suas leat a chodladh!" a scread Mamaí.

"Ní rachaidh mé," a bhéic Dónall. "Tá mé
ag iarraidh mús seacláide!"

"Gabh suas chuig do sheomra agus fan
ann!" a scread Mamaí.

Ding dong.

"Áááá!" a bhéic Daidí. "Tá siad luath! Níl
an mhilseog críochnaithe fós agam!"

Suas le Dónall ina sheomra agus dhún sé an
doras le teannadh.

Bhí sé chomh spréachta sin nach raibh smid
fanta aige. Ní raibh sé seo ceart ná cóir. Cén
fáth a gcaithfeadh seisean a dhul a chodladh
nuair a bheadh Mamaí agus Daidí thíos
staighre agus an-chraic acu ag ithe mús
seacláide. Bhí boladh seacláid leáite ag teacht

aníos chomh fada leis. Bhí a bholg ag
glugarnaíl. Má cheap Mamaí agus Daidí go
raibh seisean le fanacht thuas ansin fad agus bhí
an chraic uilig thíos staighre, bhí dul amú mór
orthu.

ÍÍÍÍÍCCCCHHH! ÍÍÍÍÍCCCCHHH!

Ba léir go raibh Learaí ag casadh an veidhlín
do na cuairteoirí. Agus b'in le rá . . . rinne
Dónall Dána gáirí. Ní raibh aon duine sa
gcisteanach. Ní raibh aon duine ag gardáil na
gcnónna.

Síos an staighre go ciúin le Dónall. Bhí
scréachaíl an veidhlín fós le cloisteáil ón
seomra suite.

Isteach leis go ciúin sa gcisteanach. Bhí na
babhlaí cnónna agus criospaí ar an gcuntar leis
na deochanna, réidh le tabhairt amach. Cnónna
caisiú, na cnónna is ansa liom! a dúirt sé leis
fhéin. Ní bheidh agam ach ceann nó dhó.

Neam, neam, neam.

Hmmm, chaithfi a rá go raibh na cnónna
seo go hálainn, a dúirt Dónall leis fhéin. An-
bhlasta go deo. Ní dhéanfadh cúpla ceann eile
aon dochar. Fad agus go gcuirfeadh sé na
cnónna a bhí fágtha isteach i mbabhla níos lú,

ní thabharfadh aon duine faoi deara go raibh cuid ar iarraidh.

NEAM NEAM NEAM!

Ceann amháin eile, a dúirt Dónall leis fhéin, agus ansin sin é é. Chuir sé a mhéaracha isteach sa mbabhla agus chuartaigh sé tuilleadh cnónna.

U ó! Ní raibh fágtha ach trí cinn.

A thiarcais, arsa Dónall leis fhéin. Anois, beidh mé i dtrioblóid.

FISSS! POP! GLUGAR! BEAING BRÚCHT! SIL! SPLEAIT!

Bhreathnaigh Dónall ar an mBosca Bréanbheatha agus ar Dhroch-dheochanna Dhún an Dainséir agus go tobann bhuail smaoineamh é. Cén fáth nár chuimhnigh sé roimhe seo air? Ní bhfaigheadh sé seans níos fearr go brách leis an mbréanbheatha a thriail amach!

Bhreathnaigh Dónall go cúramach ar na criospaí a bhí déanta aige tamall roimhe sin. Bhreathnaigh siad ar nós gnáthchriospaí ach ní raibh blas gnáthchriospaí orthu! Ní raibh ach fadhb amháin le réiteach anois – céard ba cheart dhó a dhéanamh leis na criospaí cearta?

Neam neam! arsa Dónall leis fhéin, ag caitheamh siar na gcriospaí chomh sciobtha agus a d'fhéad sé. Ansin, líon sé an babhla aríst leis na criospaí lofa.

Ansin, dhoirt Dónall amach deochanna sna gloineacha agus leag sé ar an trádaire iad.

Tá sé sin thar barr, arsa Dónall leis fhéin. Níl le déanamh anois agam ach cnónna lofa a réiteach in áit na gcnónna a d'ith mé.

D'oscail doras na cisteanaí agus isteach le Daidí.

"Céard atá tusa a dhéanamh anseo, a Dhónaill? Nár dhúirt muid leat a dhul a chodladh?"

D'inis Dónall lán mála bréaga. "Dúirt Mamaí go bhféadfainn na cnónna a thabhairt

do na cuairteoirí," ar seisean. Ansin rug sé greim ar an dá bhabhla agus d'éalaigh sé amach.

Chuala sé bualadh bos sa seomra suite. Bhí cuma an-sásta ar Learaí-gan-Locht..

"Nach gleoite an buachaillín é," arsa Bean Uí Ghráinne. "Agus nach é atá ceolmhar!" arsa an tUasal Ó Gráinne.

"Dia dhuit, a Uasail Gránna!" arsa Dónall.

Bhí alltacht ar Mhamaí.

"Ó Gráinne, ní Gránna, a mhaicín," a dúirt sí.

"Ach sin é a thugann *tusa* air, a Mhamaí," arsa Dónall agus meangadh mór gáirí air.

Dhearg Mamaí go barr a dhá cluais. "Tá Dónall díreach réidh le dhul a chodladh," ar sise.

"Níl ná baol orm," arsa Dónall. "Tá mise in ainm is na cnónna agus na criospaí a thabhairt amach. Nach cuimhneach leat?"

"ÚÚ! Is breá liomsa cnónna," arsa an tUasal Ó Gráinne.

"Nár dhúirt mé leat fanacht thuas staighre," arsa Mamaí i gcogar fíochmar.

"A Mhamaí," arsa Learaí ag giúnaíl. "Dúirt tú liomsa go bhféadfainnse na rudaí deasa a thabhairt do na cuairteoirí."

"Féadfaidh tusa na criospaí a thabhairt amach," arsa Dónall i nglór cineálta, agus thug sé an babhla criospaí bréana dhó. "An bhfuil tú ag iarraidh caisiú, a Bhean Ghránna?

"Uí Ghráinne!" arsa Mamaí.

"Ó, is breá liomsa cnónna caisiú!" arsa Bean Uí Ghráinne . . . agus sháigh sí a lámh síos sa mbabhla, nach raibh fágtha ann faoin tráth seo ach trí chnó.

Sciob Dónall péire amach as a láimh.

"Níl cead agat ach ceann ag an am!" a dúirt sé. "Ná bí chomh santach."

"A Dhónaill!" arsa Mamaí. "Ná bí mímhúinte!"

"An bhfuil tusa ag iarraidh cnó?" a d'fhiafraigh Dónall den Uasal Ó Gráinne agus é ag síneadh an bhabhla ina threo.

"Go raibh maith agat, ba bhreá . . ." arsa an tUasal Ó Gráinne.

Ach bhí sé ródheireanach.

Bhí Dónall imithe ar aghaidh cheana fhéin chuig Mamaí.

"An bhfuil tú ag iarraidh cnó?" ar seisean.

Chuir Mamaí a lámh isteach sa mbabhla, ach sula raibh deis aici greim a fháil ar cheann, sciob Dónall an babhla uaithi aríst!

"A Dhónaill!" arsa Mamaí go crosta.

"Bíodh cúpla criospa agat, a Bhean Uí Ghráinne," arsa Learaí. Thug Bean Uí Ghráinne léi glaic mhór criospaí agus chaith sí siar ina béal iad.

Tháinig dath corcra ar a héadan, ansin d'athraigh sé go bándearg agus ansin tháinig dath glas uirthi.

"Euuuueeeuuuuuch!!!" ar sise, ag séideadh na gcriospaí amach as a béal, anuas ar éadach a fir céile.

"A Learaí, faigh deoch do Bhean Uí Ghráinne go beo!" a bhéic Mamaí.

Rith Learaí amach sa gcisteanach agus tháinig sé ar ais le gloine mhór de dheoch Dhónaill.

"Go raibh maith agat," arsa Bean Uí Ghráinne i gcogar, agus shloig sí siar gach a raibh sa ngloine.

"EUCH!" ar sise, á chaitheamh amach as a

béal ar an bpointe. "An bhfuil tú ag iarraidh mé a mharú, a ghasúirín ghránna?" a dúirt sí, í ag tachtadh agus ag croitheadh a cuid lámha san aer go fiáin anois, sa gcaoi agus gur bhuail sí faoi Dhaidí, a bhí ag teacht isteach sa seomra agus trádaire deochanna ar iompar aige.

CRAIS! SPLAIS!

Bhí Mamaí, Daidí, Learaí, an tUasal Ó Gráinne agus Bean Uí Ghráinne ar fad báite.

"Céard atá déanta agat, a Learaí?" a bhéic Mamaí.

Phléasc Learaí amach ag caoineadh agus rith sé amach as an seomra.

"A chairde, tá an-aiféala orm faoi seo," arsa Mamaí.

"Cén dochar," arsa Bean Uí Ghráinne trína cuid fiacla.

"Suígí síos, gach duine," arsa Dónall. "Tá mise le seó beag a chur ar siúl dhaoibh."

"Níl cead agat," arsa Daidí.

"Ní féidir leat," arsa Mamaí.

"Ach bhí cead ag Learaí é a dhéanamh," arsa Dónall ag béiceach. "TÁ MÉ AG IARRAIDH GO MBREATHNÓIDH SIBH AR MO SEÓ!"

"Ó, tá go maith," arsa Mamaí. "Ach caithfidh tú deifir a dhéanamh."

Chas Dónall amhrán. Chlúdaigh na daoine fásta a gcuid cluasa.

"Rud beag níos ciúine, a Dhónaill," arsa Mamaí.

Rinne Dónall damhsa, ag seasamh ar chosa na gcuairteoirí.

"Uffff!" arsa an tUasal Ó Gráinne agus é i ngreim ina chois.

"An bhfuil tú críochnaithe fós, a Dhónaill?" arsa Daidí.

"Chaith Dónall liathróidí san aer, ach thit na liathróidí ar chloigeann Bhean Uí Ghráinne.

"Áú!" arsa Bean Uí Ghráinne.

"Anois. Taispeánfaidh mé mo chuid cearáité dhaoibh," arsa Dónall.

"NÁ DÉAN!" arsa Mamaí agus Daidí. Ach sula raibh aon duine in ann é a stopadh, thosaigh Dónall ag caitheamh a chuid cosa agus a chuid lámha amach go fiáin.

"Aíííí-eá!" a scréach Dónall. Agus bhuail sé an tUasal Ó Gráinne.

Chuaigh an tUasal Ó Gráinne ag eitilt trasna an tseomra.

Úisss! D'eitil an folt gruaige bréige a bhí á chaitheamh ag an Uasal Ó Gráinne trasna an tseomra.

Clic Clac. Tháinig fiacla bréige an Uasail Ó Gráinne amach as a dhrad agus lean siad an folt bréige go dtí an taobh eile den seomra.

"A Thomáis!" arsa Bean Uí Ghráinne agus í trína chéile. "An bhfuil tú ceart go leor? Abair rud eicínt!"

"Uccchh!" arsa an tUasal Ó Gráinne go cráite.

"Nach raibh sé sin iontach?" arsa Dónall. "Cé atá ag iarraidh an chéad seans eile?"

"Céard é an boladh uafásach sin?" arsa Bean Uí Ghráinne, a bhí ag tachtadh agus uisce lena cuid súile.

"Ná habair!" arsa Daidí. "Sin é an bradán atá ag dó!"

Rith Mamaí agus Daidí isteach sa gcisteanach agus an tUasal Ó Gráinne agus a bhean ag sodar ina ndiaidh. Bhí púir dheataigh ag teacht amach as an oigheann. Rug Mamaí ar éadach agus thosaigh sí ag bualadh an bhradáin dhóite leis.

UAIC!! TUAIC!

"Fainic!" a bhéic Daidí.

Bhuail an t-éadach faoin mbabhla mór milseog seacláide agus chuir sé suas san aer é agus ansin síos go talamh.

SPLEAIT! Bhí mús seacláide ar an urlár. Bhí seacláid ar an tsíleáil. Bhí an tUasal Ó Gráinne, a bhean, Mamaí, Daidí agus Dónall clúdaithe le seacláid ó bharr a gcinn go bun a mbróga.

"A Mhaighdean bheannaithe!" arsa Mamaí agus dhá lámh lena héadan aici. Ansin,

phléasc sí amach ag caoineadh. "Céard a dhéanfas muid anois?"

"Fág fúmsa é, a Mhamaí," arsa Dónall Dána. Shiúil sé go húdarásach anonn chuig an bhfón.

"Pálás an Phíotsa?" ar seisean. "Ba mhaith liom an t-ollphíotsa sármhór a ordú, le do thoil!"